溢れた記憶

母に嫌われて

佐藤多夏

SATO Taka

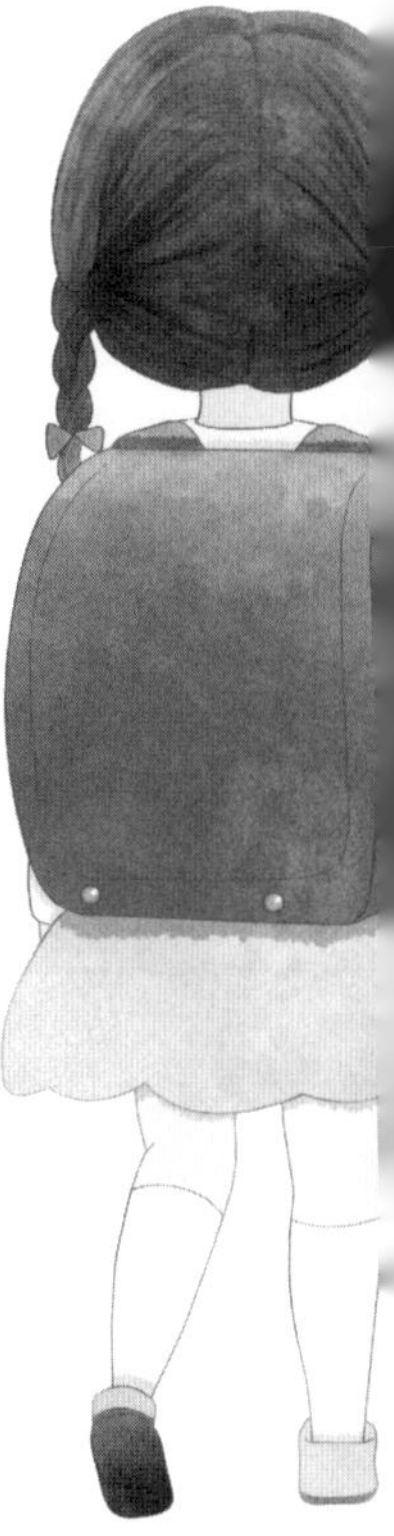

文芸社

もくじ

プローグ

東京都墨田区向島請地町十二番

私が生まれ育った地であり、覚えさせられた住所だ。

母は私を見つけては、繰り返しこれを言わせた。

「トウキョウト、スミダク、ムコウジマウケジマチ、ジュウニバン」

この住所が正確かと言われたら、——どうだろう。昔のことだ。私は、まだ三歳。私の記憶にある住所とお断りしておく。

やがて住居表示が、町名の次に○丁目○番○号と表記するようになると、この町名はなくなる。

押上《おしあげ》に吸収されて、今日に至る。現在の場所で言うと、スカイツリーのお膝元商店街の一角、そこが私の家。だが、この実家も今はない。

私を見つけては——というのは引っ張り出す、わざわざ連れ出しに来ること。義父母（私にとっては祖父母）が揃《そろ》っていると見るや、私を探しに来るのだ。どうしても義父母の前で、私に住所を言わせる必要があった。それでなきゃ、母が私を寄せつけることなんて有り得ない。

義父母から、しっかり見える位置に私を立たせ、さりげなく母子のやり取りを見せる。

「お家はどーこ？」

私が先の住所を言う。

「そうよ。よく言えたわ。迷子になったら困るんだからね」

しかし、これは嘘《うそ》だ。なぜなら母はその後、何度となく私を捨てに行くのだから。

母のこのパフォーマンスは、自分に対する保険だった。

――もし、あの子が帰ってこないことがあっても、あの子が間抜けなだけだ。私はちゃんと言い聞かせていた――そういう言い訳ができるようにしておくためだった。

思い違いなんかじゃない。私がはっきりと思い出せるだけでも三回はある。

だから、母の『迷子に見せかけ捨て子計画』の実行はそれ以上だったはず。

一、キッカケ

私の生活は、平凡だ。ようやく、大変だった昔が振り返れる年齢になった。
朝晩、決まった時間に起きて寝る。
三度の食事も決まった時間にとる。すべて自分で用意する。献立が決まれば、それを軸にして、料理と買い物の時間が割り出せる。そして、掃除と洗濯の時間を当てはめる。朝食後、定年退職して今はアルバイトの夫に、手作り弁当を持たせて送り出す。弁当作りも四十年が過ぎた。一日の流れとやることはほぼ決まっている。

買い物に出る以外はほとんど家で過ごす。もともと出無精だから外出も少ない。池袋も渋谷もろくに知らない。空いた時間は、読書、編み物、押し入れの整理、雑草取り……。家の中の仕事というのは探すならいくらでもある。献立を何日分かまとめて決めたなら、買い物の回数もまた減る。でも、化粧は毎日必ずする。

質素というか、飾りがないというか、だがこういう毎日にホッとしているところがある。自分で一日を仕切って使えることが、とてつもなく贅沢《ぜいたく》に思える。自分のための時間を作ることも。こういう心境に落ち着いたのは、ここ数年のことだ。

家を整えて、いつでも食事ができるようにして、家族を待つ。地味な暮らしの中で楽しみなこと。夕食後にする家族の一日報告会。今日一日で、印象に残ったことを各自が話すのだ。

皆が揃わないときもある。「特に何もない」で済むことも。常時参加者は私だ。彼らの話や、話すときの仕草、それらが愛おしい。感じたことを日々ノートにまとめている。今日も無事に帰ってくれた。

第二の人生が華々しくある必要はない。変わりない毎日を楽しむ。その辺りのことを書いてみようか。

ところが、そう考えて整理しているうちに、私の頭の中で、とんでもないことが起き始めていた。

その前に、のちに私が『娘・盗まれ事件』と呼んだ出来事を話しておこう。

娘が四つを過ぎた頃だ。

朝、夫に弁当を持たせて送り出し、そのままゴミ捨てに出ようと玄関を閉めた。当時はアパートの三階に住んでいて、階段を下りなければならない。ドアを開けっ放しにはできなかった。

その音に気づいて、娘が「ママ、アタシも行く」とパジャマのまま出てきた。

「ゴミを下に置いてくるだけよ。待ってたら」

「ヤダ、ヤダ。一緒に行く」

もうー、面倒くさいなと思いながら、二人でゆっくり階段を下りていく。踏みしろが狭いのだ。

この日はゴミ当番だったので、当番札をお向かいに持っていかねばならなかった。

「この札をお向かいさんのポストに入れてくるだけ。だから、ここで待ってて」と娘に言う。

「ヤダ、ヤダ」と娘。

「ここからママが見えるでしょ。ママ、走って行ってくる」

「うーん、わかった」

たかだか五メートル幅の道路である。ポストに木札をカタンと落として、振り返ると……。

娘がいない。

――エッ、何で？

あの階段は、まだ一人では上がれない。どこに行った？　大声で呼ぶ。それこそカナキリ声だ。隣の婆さんが出てきた。

「うちの子、知らない？」

「さあ、どんな子だろ」

「とぼけないで。朝夕、挨拶してるじゃない。いやというほど顔は見てるはずよ」

「さっき、子供がいて、迷子かもしれないって、うちの人が交番へ連れてったけど」

私は青くなった。ほんの数秒の間だ。遠くまで行ってはいない。追いかけた（あとでなぜ自転車に乗らなかったのかと悔やむ）。

走った、走った。

親指くらいの大きさで娘が見えた。メガネの五十歳ぐらいの男が、娘を引っ張るようにして歩かせていた。娘を呼んだ。それこそ大声で。そこらにいた人が立ち止まったくらいだから、よほどの大声だったに違いない。届いた。

娘が振り返った。しかし、男は止まらない、なおも引きずるようにして先へ行こうとする。

「人さらい、子供を返せ」

あらん限りに怒鳴った。

「ママー、ママー」と娘が泣いた。

男がやっと止まって、追いついた。

「どうして、じっとしてないのよ」と私が娘を叱る。

「ママ、ママ、わーっ」と泣き出す。

私は男を見据えて、言った。

「何で迷子なんですか。隣に住んでるの知ってるでしょ」

「いや、ボクはいつも家にいないから」

「そうですか。心配してくれたんなら、すいませんね」

「ホントに親子なの？」とまた男が言う。

「ママだよ、ママだよ〜」と娘が泣きながら言う。

「帰ろう」

私は娘の手を引いて戻りだした。

びっくりしたせいもあって、「何でこんなことになんのさ〜」と吐き出す。

するとと、娘が言った。

「アタシね、ちゃんとあの人に言ったんだよ。あそこのポストの前に立ってるのがママだって。ママがこっちに来たら、一緒に階段上ってお部屋に行くんだって。それなのに、いいから来いって、手つかんで、引っ張るんだよ」

娘の言うことが本当なら、何なんだ？

振り返ると、男はいなかった。

隣の老夫婦は、私にすればご近所さんだった。アパート横のあばら家に夫婦二人で住んでいた。顔が合えばこちらから挨拶した。子供がいるときは「おトナリのおばちゃんよ、コンニチワでしょ」と言ったりした。知らないはずはないのだ。

変だなと感じながらも、その老夫婦の正体を疑うまではいかなかった。私も若かった。

これにはオチがある。

それからひと月も経たないうちに、その老夫婦は夜逃げ同然に引っ越してしまった。

近所の人の噂《うわさ》。

「娘さんが嫁ぎ先でなかなか妊娠しなくてね。何でも、近くに子供がすぐに出来る人がいて、男の子は大変だけど、女の子ならもらえるかもしれないって言ってたのよ。お金もなさそうだから、一人減らしてやれば、かえって喜ばれるとか言ってさ。うまくいかなかったのかしら。怨み事みたいにも言ってたわね。『金もあるのに子が出来ない。貧乏人にはパカパカ出来る』ってさ。離縁でもさせられそうだったのか、別に養子をもらったのか、訳のわかんない人たちだったわよ。いくら近所でもさ」

貧乏人とはうちのことだと思った。狙われたんだ。娘の言ったことが正しかった。あれは、とんでもない意地悪爺さんと婆さんだったのだ。

少し話を戻す。

もしあの時追いつけなかったら、息が切れて走れなくなっていたら、どうなっていただろう。あのまま連れ去られて、別の家の子にされてしまったのでは？

気が落ち着いてくると、ゾッとした。子供が盗まれる。置き引きならぬ、子供引きだ。世間の大人がそんなことをするなんて……。今日はどうしよう。娘と二人、家に閉じこもっていようか。

「保育園行くかい。友達いるし」と私が言えば、娘が、

「うん、そうする」と返した。そうだ、保育園に行った方が安心だ。先生もいるんだから。

娘を預けて、私はパートに行った。けれど、いつもの調子が出ない。午後から早退した。迎えまでは時間があるので、実家に寄った。母に話を聞いてもらいたかった。私が話し始めても、母は関心がなさそうに、そっぽを向いている。

「結局、何でもなかったんでしょう？」と母が話を遮った。

私がどれだけショックを受けたかや、娘が戻ったときに涙が流れたことなど、言えずじまいだった。男と娘の姿を見つけたところで、話は切られてしまった。

「そろそろ迎えに行くわ。余計な話だった」

母の素っ気なさが不快だった。

「だって、あんたの子でしょ」と、母は言ってから、

「そうやって、本当にいなくなってしまう子もいるのに、放ったらかしにしてても無事な子っているのよね。その違いって何なのかしらね」

「私が小さい時って、どうだったの」と、聞いてみる。

「あんたは、いっつも戻ってきたの。たとえそれが、どんなに遠くであっても……。まだ幼稚園にも行ってないチビなのに」

この瞬間、目の前の景色がなくなった。

真っ白い中に、ポツンと影が見える。小さな影は人の形になって、顔を向けた。

それは幼い日の私だった。

その向こうのぼやけた顔が、母になって口を利いた。

「何よ、また戻ってきたの」

母は、そう言ったのだ。

記憶が甦《よみがえ》るという不思議。

一、キッカケ

突如として、ついこの間のことのように、しかも洪水のように、いくつもの出来事が一度に押し寄せる。浮かび上がってくる。胸がドキドキ鳴っている。これこそが驚愕《きょうがく》と言うんだろう。

身体が震えた。

記憶とは、些細《ささい》なキッカケで、一気に甦るものらしい。

『失われた時をもとめて』の著者のプルーストは、マドレーヌをかじったことから、この長編小説を生み出したという。

二、あの人、誰？

昭和三十年代初頭。

その人はいつも、ガラス戸越しに外を見ていた。間口が一間（約一・八メートル）の店舗兼我が家の出入り口。相互使いのガラスの引き戸。それに肩でもたれながら、表を斜交いに見ている。何を見ているんだろう。時々向きを変える。何をしているんだろう。

誰なんだろう。着物姿の赤い口紅をつけた人。

私は起こされるということがなかった。

二階で一人で寝ていて、まぶしくて目が覚めて起きる。それはもう昼に近い頃。一人で階段を下りる。手すりに両手でしがみつきながら、足を伸ばす。ペタンペタンと一段ごとに尻をつきながら、下まで行く。

「今起きたのか」と声がくる。「父ちゃんとご飯食べよう」

もちろん、昼飯のことで、私は寝坊した分、朝食抜きになっている。戸口のその人は外に目をやったままだ。父が言った。

「おい、そんなところに立ってたら、客が入れないだろ」

その人は聞いていない。

「それより、もう、メシの時間だ」

その人は、けだるそうに、うるさそうに、ゆっくりと、戸口から体をはがす。チラッとこっちを見た。私が父に、

「あの人、誰？」と聞くと、

「おまえの母ちゃんだよ。おまえを産んでくれたんだよ。あのお腹から出てきたんだよ」と言った。すると、その人が、

「この子は自分の母親もわからないのかね。バカじゃないか」と言った。コワかった。

「口紅がキレイだったから、違って見えた」と私が言うと、父が、

「口紅が似合ってたってことだよ。そんな言い方すんな」と笑って言った。父ちゃんの隣でご飯を食べた。

これは私が二歳くらいのことだ。三歳半違う妹はまだいないし、母のお腹もまだ膨らんでいなかった。

この後、私は三歳頃、生死をさまよう病をする。この記憶は、すごく悲しくて辛《つら》かった

ので、しっかり残っている。そして、この時より前か後かで、私の記憶は並んでいるらしい。

私の相手は専《もっぱ》ら祖母、父の母親だった。父と母は「忙しいから、あっち行ってな」と追いやるばかりで、構ってくれなかった。でも忙しいは言い訳で、本当は子供が面倒くさかったんだろう。

私は祖母のそばにいる。祖母は編み物をする。胴巻だの、チョッキ、帽子、よく作っていた。羽織まで編んでいた。

「かぎ針さえあれば、どこでもできるんだよ」そう言っていたっけ。着古したものは、ほどいて、別の糸を交ぜて編み直すか、他の物に作り変えたりしていた。毛糸玉が幾つもあって、私はそれをいじって遊んだ。私に何かしてくれるわけでもなく、日がな一日編み物をして座っている祖母を見ているだけ。一人じゃないというだけ。そのうちウトウトしだすと、祖母がひざ掛けをかけてくれる。

ある時、祖母が何か食べていた。

「バアちゃん、何、食べてるの」

「饅頭《まんじゅう》だよ、食べたいかい」

そう言って、まあるい物を半分に割って、手にのっけてくれた。半分なのに、私の手にはちょうどよくのっかった。

甘くておいしかった。〝まんじゅう〟って言うのか。

ところが、それからいくらも経たないうちに、私はゲーゲーとやりだした。反吐《へど》をまいてのたうち、そっくり返って倒れた。外から帰ってきた祖父がそれを見て、慌てて抱き上げ、近くの開業医に運んだ。

「大人が三人もいて、何で子供が見られないんだ」と祖父が怒った。

父はシュンとしたが、母はダンマリだ。

祖母は甘党だったのだ。饅頭やら、カリントウ、甘納豆などを隠し持っては、こっそり食べていた。そこをたまたま私に見つかった。置き場所はタンスの中。ナフタリンが菓子に染みついた。それが私に悪さした。祖母が犯人になった。

「私は何ともなかったんだよ」と祖母。

「子供に変なものくれないでよ」と母。

「何言ってんだいっ。おまえがろくに食べさせないからだよ。子供はちゃんと起こして、朝飯から食わすもんだ。着替えも、洗面も教えてないじゃないか。寝るだけ寝かしておいて、大人の食卓に間に合えば食わせる。そんなやり方で、何の躾《しつけ》もしてないおまえに、文句言われる筋合いはないね」

「私は店番だったでしょ」と母が祖母を睨《にら》む。

「煎餅屋のどこが忙しいんだい。盆暮れのお使い物で稼いでるだけじゃないか。掃除するわけでもない。ボーッと外見てるだけなの、知らないとでも思ってんのかい」

祖母も強気で返す。

私は熱を出して、三日寝込んだ。

家で飼う犬や猫に、食事や健康の管理などしない。少なくとも、この時代はそうだった。飼い主の気分で、その場対応で育てている。そういう意味では、私は彼らと同等だったかも。

祖母と母の言い合いで終わって、私の扱いに対する反省はなかったようだ。二人とも自分は悪くないと言ったまま。

おかげで、私はまた辛い思いをする。

三、絶望

就学前の子供の想像力は皆無と言っていい。材料となる学習経験がろくにないからだ。比べるという行為も、対象がないからできない。だから、この次にどうなるかがわからない。起こったことを覚えるだけだ。

「ご飯を食べさせない」と言われても、それがどういうことかわからない。食事を抜かれることのダメージがわからない。

皆が食べているときに「食べちゃ駄目」と言われる。「あっちへ行け」とも言われる。

ただ、つまんないだけ。

夜になって寝るときに、お腹がグーグーと変な音をたてる。気持ちが悪くなってゲーゲーすると、黄色くてスッパイ水が出てくる。汗と涙がいっぱい出て、パジャマの袖口をしゃぶっていたら落ち着いた。ご飯を食べないと、こうなるんだとやっとわかる。

「ご飯を食べさせない」ってことは、コワいコワい目に遭わせるよってことなんだとわかる。そして嫌われたんだと思うのだ。

『母ちゃんは、私を痛くする魔法を知ってるんだ。母ちゃんの言うとおりにしないと、魔法がずっと続くんだ……』

悲しくて、泣いた。ここまできて、やっと、「ご飯をあげない」の言葉の恐ろしさがわかるのだ。子供は理解が遅い。

ついでに言っておくと、子供には時間の観念がない。昨日とか今日とかいう、「時」の区分けはできない。起きて寝るまでが今日、それだけの感覚しかない。毎日が今日、今日の連続だ。〝起きて食べた〟〝寝るとき食べた〟それだけだ。そのうちに、他人との関わりや、行動が増えてきて、一日の長さの枠が育つ。過ぎたことと、そうでないことがわかるのは、まだ先だ。

「この間、言ったでしょ」と大人は怒るが、それは時計を知っていて、カレンダーがわかる大人の身勝手な都合なのだ。

「昨日言ったばかりでしょ」と保育園の先生が怒っていたことがある。彼女に持論を言ったところで聞かないだろう。

「先生、子供ってのはさ、一晩寝ると忘れちゃうもんなんだよ。そうカッカしなさんな」としか言えない。

子供は大人とは別の次元で生きていると知るべきだ。

爪がうまく切れなかった。母が怒った。

「とがったところがあったらダメって、この前、言ったでしょ。ひっかいて痛いんだから。ちゃんと聞かなかったね。今晩はご飯、食べさせないよ」

一人で爪を切るのは難しかった。爪切りの刃をうまく当てられないのだ（これ以後、私は爪を噛《か》むくせがついた。ギザギザ部分を歯で削るのだ）。

「バアちゃん、母ちゃんが、ご飯くれないって言った――」

わめきながら、祖母のところへ走った。

饅頭事件があっても、母より祖母だった。

「バアちゃーん」しかし、祖母はいなかった。祖母が行きそうな近所の家を回った。

「あら、どうしたの」「一人で来たの？」「来てないわよ」

どこも同じで、四軒目もそうだったが、奥に祖母がチラッと見えた。

「バアちゃん、見えたよ」と私が言うと、

「ちょうど帰ったんだわ。追いかけたら」と、おばちゃんは戸を閉めてしまった。

変だなと思ったが、家へ戻った。

祖母は帰っていなかった。

（あのおばちゃん、ウソついた）

私はまたさっきの家に行った。

「バアちゃん、いるんでしょ。呼んでよ〜」

息も切れて、泣き声だった。

「ちょっと待ってね」

私は玄関の中、石の式台の上で伸び上がって、奥をのぞいた。祖母が勝手口から逃げるようにして、急いで出て行くのが見えた。さっきのおばさんが追いたてたみたいだ。

「もう、だめだ――」

私は走っていた。バアちゃんは私から逃げた。母ちゃんはご飯をくれない。

どうしよう。

もう、何もないんだ。

家に帰ると、座布団の上に転がった。

(寝よう。このままずっと、起きるのやめよう。寝てるときは誰も来ない。怒られない。ご飯も食べなくて平気だ。寝よう。絶対、起きちゃダメだ)

起きたら、「だ・め・だ」。


この後のことは、私が物心つき始めた頃に父が話してくれた。

意識のない私を発見したのは、またも祖父だった。

息はあるのに、ちっとも動かない。

呼んでも、ゆすっても、目を開けない。

開業医はショック状態にあると言った。意識が飛んでいるという言い方をし、原因もわからないし、何もできないと言った。覚悟を決めてくださいとも。

「おまえたち、何してたんだ。子供の命を何だと思ってる。この間言ったばかりだろう」

と祖父が、父と母を思い切り叱った。

「この子を死なせたら、この土地には住んでられねぇ」

父は唖然《あぜん》とした。祖母と母の責任のなすり合いでは済まない。

すると、居合わせた知人が、

「旦那さん、他の医者に行きなよ。あきらめちゃだめだよ。ここじゃ、だめだよ。あたしがタクシーを拾うから」と言った。

それで父が私を抱え、評判になっていた浅草の小児専門医にタクシーで乗りつけた。

「まだ息はありますね。何とかできるかもしれません。ただ、お金がかかります。高価な薬なので、ここにはありません。今から取り寄せますが、うちは個人経営なので立て替えることはしません。用意できますか」

と、医者が言った。

「おいくらですか」

「十万円です」

ぶっ魂消《たまげ》た。現在に換算したら、百万円近いか。

「それも今日中に。時間がありません」

「家には電話があります。すぐに連絡とります」と、父はやっと言った。

当時、固定電話はまだ普及していなかった。仕事上、実家がいち早く取り入れていたのが幸いした。病院の電話を借りた。呼び出しのベルが鳴ったと思うと、すぐに祖父が出た。

——そして、動く。

祖父はお金を揃えた。ありったけの手形と小切手を現金に換えて、借金もして。

この時、「壱万円札」はまだ発行されていない。発行は昭和三十三年の終わり頃。万札が世に出回るのは、もうしばらく先だ。

かさばる現金を菓子箱に詰め、風呂敷で包むと、祖父はタクシーを急がせた。

私は十万円の注射を打たれた。意識が戻ったのは、翌日だったとか。

三日間の入院だった。

ここから先は、私が憶《おぼ》えている。

「あたし、家に帰りたくないな」と言うと、担当の看護婦さんが「どして」と聞く。

「お母ちゃん、怒るんだもん。とってもコワいんだ」

「そんなことないよ。自分の産んだ子は大事なんだよ。怒ったのなら、あなたがイタズラしたんでしょ」と言う。

「ちがうもん、あたし言うとおりにしたんだよ。へ、夕だったけど」

「子供をキライなお母さんはいないいんだよ」

「ホントウ?……」私は彼女を信じたくなった。

「それじゃ、看護婦さんが、お母さんに、あんまり怒らないでって、言っておくわ」

「そうお——」

他人は無責任だ。子供相手に適当なことを言う。どの母親も子供が大事。嘘だ。

ほら、嘘だった。母が部屋に入ってきて、

「おまえ、看護婦に何か言いつけたのかい」と聞いた。

「怒られたって言っただけ」

「もう余計なこと言うんじゃないよ」

私の病名は「神経衰弱」と付いたらしい。父は後々まで「有り金はたいて助けたんだ。

感謝しろよ」と、私に言っていた。

感謝ね、どういうもんだか。

ときに、今でも思う。あれは子供心に自殺を試みたのではなかったかと。絶対に起きないと強く心に言い聞かせた、一種の自己催眠だったのではと。

祖母はあの日、町内婦人会の温泉ツアーに行ったのだった。孫が慕ってついてくると困るからと、他所《よそ》の家で着替えをしたのだった。祖母は私を裏切った。味方のふりして、自分だけ遊びに行った。母のところに、私を一人だけ残して。「待ってて」と言われれば、私はガマンした。それが何も言わなかった。私から逃げ去った。受け止めてくれるはずの人がいなくなった。それは絶望だった。

ツアーは子供不可とはなっていなかった。孫を連れてきた人はいたらしい。夫や息子に留守番をさせて出かけるのだから、私くらい連れて行った方が、言い訳もしやすかっただろうに。

四、悲しみ、二つ

母が赤ちゃんにオッパイをあげている。

父は、私の妹だと言った。母は私には赤ん坊を触らせなかった。そして祖母にも。

母はその子を負《おぶ》ってはフラフラと、子守りを理由に外に出た。家のことは放ったまま、なかなか戻らなかった。実際、その子はよく泣く子だった。

この時期に、憶えている出来事が二つある。どちらが先か、わからないが。


母が言った。

「遅く帰ってきたから、家に入れない」と。

どこに行ってきたのかは思い出せない。私一人で行くところなんかなかったはずだ。お使いだったのか、わからない。

「でも、ご飯より前だよ」と私が言うと、「駄目ったら、駄目。出てげ」と睨まれた。ブリキの灰皿が飛んできて足元に転がった。仕方ないから外にいた。

店の軒下に座って、ボーッとしていた。一人でよく、こうしていた。

こんな私を目にする人がいた。駅からの帰りには、いつも私に声をかけてくれた。

「おじょうちゃん、今日も一人かい？」

「おじょうちゃん、今日は寒かったね」

「髪が伸びてきたね。さよなら」とか。

たったの一言なんだけど、嬉《うれ》しくて、いつの間にか、そのおじさんが通るのを、待つようになった。

この日は、いつもと違う気持ちで待った。

「おじょうちゃん、もう暗いよ」と言った。そのまま行こうとするのを、私は追いかけた。おじさんの前に、両手を拡《ひろ》げて通せんぼをした。

「おじさん、おじさん、あたしね、とっても困ってるんだ」

半泣きの私。

「うん、どうしたの」

「おじさんちに、連れてってもらいたいの。お母ちゃんが家に入れてくれないの……。『出ていけ』って怒鳴ったの。もう、帰れないの。あたし、お金の勘定できるよ。読み書きもできる。洗濯物も畳めるし、掃除もできるよ。役に立つよ。だから、連れてって。おねがい」

必死だった。

「あたしのこと、かわいいって言ってくれたよね」

ちょっと困ったらしかった。

「おじょうちゃんは、きっといい子だよ。でも、おじさんにも子供がいるからな」

「あたし、その子に、本を読んであげるよ。奥さんには、掃除を手伝うよ。雑巾がけもするよ。役に立つよ」

おじさんは、ふーっと息をしてから、

「それじゃ、こうしよう。お父さんに聞いてみよう。お父さんが、いいって言ったら、連れて行こう。お父さんとは、おじさんも話したことがあるからね。ここで待ってなさい」

おじさんが父を伴って戻ってきた。

——母親にひどく叱られたらしいんですよ。でも、本人はなぜ怒られるんだかわからなくて帰れないって、途方に暮れてるんですよ。……子供だけどね。

そう言っていたらしい。

父が私を引き取って、おじさんは手を振って帰っていった。

「父ちゃんと家に入ろう」

私は目を見開いて、

「だめだよ。ちょっとでも入ると、物を投げられるんだよ。『また来たのかい、このバカが』って言うよ。コワイよ～。入っちゃ、ダメだよ」

「ここは父ちゃんの家だよ。母ちゃんの家じゃないよ。父ちゃんの方が威張っていいんだ。父ちゃんが先に入るから、後ろからおいで」

店の戸を開ける。

「おまえ、子供に何か言ったのか。よその人が心配して、口添えに来たぞ。泣きはらしてるじゃないか。『出ていけ』って言ったんだってな」

「フン、冗談だよ。この子は冗談もわからないバカなんかね」

「おい、その言い方はないぞ」

そう言ったのは、祖父だった。

「子供に冗談なんか通じないぞ。母親のおまえが悪い。『出ていけ』なんて、言っていいわけがない」

母は口を結んで、そっぽを向いていた。

祖父が私の救い主だった。


もう一つのこと。

母が「松屋に、行こうか」と言った。

松屋は浅草にあるデパートだ。屋上に遊園がある。

「だって、赤ちゃん、寝てるよ。二人で行ったら、かわいそうだよ。父ちゃんかバアちゃんに、見ててもらおうか」

「すぐに帰ってくればいいじゃない。こっそりとさ」そう言った。

二人だけ。それが嬉しかった。

本当に二人で行った。都電に乗って。都電とは路面電車のこと。

松屋に着くと、すぐに屋上に向かった。母が「キップ買ってくるから、ここにいて」と言った。

私は小動物の檻《おり》の前にいた。鳥だか猿だか見ていたと思う。母はなかなか戻らなかった。

遅いなと見回す。キップ売場のお姉さんに聞く。

「こういう人、来ませんでしたか」

「あら、その人なら、もう前に階段下りてったわよ」

――赤ちゃんが心配で、帰ったのかな?

こういうところが、子供の頭だ。疑うことをしない。

あたしも帰ろう。

仲見世の方には行かない。橋を渡る。右の海老屋の乾物屋を後ろにして、まっすぐに、都電の線路を見ながら歩く。「ももんじゃ」という猪《いのしし》料理店の看板が見えたら、あと半分。家に着いた。

母は私を見ると、目を丸くして、素っ頓狂な声を上げた。

「おまえ、何で、ここにいるん」

「帰ってきたんだよ。母ちゃんズルイよ。先に帰っちゃってさ。あたし、歩いたんだよ」

母の声が大きかったので、父が来た。

「どうしたんだ」

「松屋に行ったんだよ。だけど母ちゃん、先に帰っちゃったんだ。あたし、一人で歩いてきたんだよ」

「おまえ、松屋に行ったのか」と父が母を見やる。

「行くわけないじゃないか。赤ん坊が寝てるのに。出かける格好をしてないよ」

「母ちゃん、二人だけで、こっそり行ってこようって、手つないだでしょ」

「おまえ、そうなのか。黙って出かけたのかい」父は更に母に聞く。

「そんなこと、しないよ。この子、さっきまで見えなかったから、昼寝でもしてたんだよ。そして夢でも見たんだろ。寝ぼけてんだよ」

母はそう言った。

（ちがう）

でも、母がすごい目で私を睨んでいたので、もう何も言えなかった。

夕食後、父に、

「父ちゃん、さっきのこと、本当だよ」と、顔を近づけて言った。

「あたし、ほんとに松屋から一人で帰ったんだよ。母ちゃんが連れてってくれたんだ。母ちゃん、すぐにいなくなっちゃって……。母ちゃんはきっと先に帰ってるって思ったから、一人で帰ろうと決めたんだよ」

「うん、そうか、そうか。帰ってこれたんだな」

父が私の言っていることを本気にしてくれたのかどうか、わからない。そして、

「もし迷子になったらな、川を探すんだ。隅田は川だらけの町だ。どの川も大川（隅田川）につながるんだ。川が地図だ。川を辿《たど》れ。

『この川を行ったら、どこに行けますか』

『この川の先は、どこですか』

とか、聞けばいい。それを繰り返して、両国、言問《こととい》、浅草、向島、なんて言葉が一つでも出てきたら、そこからは地元だ。必ず戻れる。

そして、誰に聞くかと言えば、まず、川辺りの人だ」

この時代、川岸で暮らす人が多々いた。

小舟があったりして、それで隣の地まで行ったりするのだ。ウォーターフロントだ。知っているところでは、今のスカイツリーの下、親水《しんすい》公園の一部になってしまった川。そこでは昔、貝や小魚がよく捕れて、それを売っている店が岸に並んでいた。アサリやシジミはここから買っていた。

父は続ける。

「次に表で仕事をしている人。畳屋、材木屋、植木屋。そういう人たちは話すことから始まるから、気軽に声をかけられる。それに配達もしているから、道もよく知ってるんだ。商店はなるべく入らない方がいい。買う人が相手なんで、何も買わない人は来てほしくないんだ。お金があったら、何か買いながら話ができるけど。

それから、子供がウロウロしてると、変に思うかもしれないから、そのときはうちの店の名前『〇〇工務店』を言って、『迷子になったから助けてください』って言うんだ。お巡りさんを呼んでもらってもいいし、電話のある家なら、ここにかけてもらえ。父ちゃんが迎えに行くから」

大丈夫だと思った。

また同じ目に遭ったとしても。きっと。

五、村伝説

母は群馬県N村の出身だ。県庁のある市から山を二つ越えたところだ。今は交通の便もあるが、どうやって父母が知り合ったのか、聞いたことがある。

母は覚えられなかったか、忘れたか、それほど何人もの仲介者が入って、持ち込まれた縁談だったそうだ。母が覚えていたのは、玄関先で封筒を開いた、向かいのおじさんだけ。

母は子だくさんの家庭で、服も靴も共有で育った。箸まで共有だった。母が持ち物をぞんざいに扱う性格は、ここから来たのかもしれない。

東京で店を構えている、という一文だけで母は結婚を決めた。


父は祖父の遅い子で、祖父が六十歳を過ぎても、まだ成人していなかった。

「俺も、いつまでも大工はできないからな。こうして、工務店の構えはあるけどな……」

寄る年波で、祖父は息子の行く末が気がかりだった。

昔は家を建てるとなれば、大勢の職人が動いた。現在のように、総合商社で事足りるというわけではなかった。設計士、材木屋、畳屋、左官屋、瓦屋、建具屋、ガラス屋、等々。

祖父は人脈があり、チームのリーダー格だった。そろそろ引き際かなと思ったときに、店の半分を「煎餅屋」にした。息子を形だけでも一人前にしたくて、嫁探しをした。出入りの人たちに「いい人がいたら紹介してください」と、振れ込んでいた。

そのうち、どっかで引っかかるだろう。が、そうもならず、当てにもしなくなって、忘れかけた何年か後、ひょいと返事が来た。

父は母をもらった。


ところで、母の実家の近くには、俗に言うところの『入らず山』があった。グズグズしていると、山から出られなくなるそうだ。お天道様が、頭の真上に来たら、早々に下りなければならない。

「まだ、大丈夫」と思ってはいけない。


さて、大人のヒソヒソ話。

「この間、あそこの家の子が、出られなくなったらしいよ」

「ヘエー、今でもあるんだ」

「しっ、声が高い。ここら辺では、こういう話はなくならないのさ。

いいかい、ここだけの話。あれは親が捨てたんだよ。オネショがなおらないって、怒ってたからね。わざと連れ帰らなかったんだ」

「子供なんて、すぐ次が出来るしね」

母の実家で昼寝をしていて、聞こえた話。話はこれきりでは済まなかったような気もする。

「子供を手なずけるには、怖い思いをさせるのが一番さ」

「例えば？」

「夜の中におっぽり出すとか、さ」

ささやく声は更に低くなって聞こえにくくなった。

触れちゃいけない村伝説。

六、上野駅

上野駅に置き去りにされた。

昭和三十年代前半。

上野は何かと人出が多く、混雑した。当然迷子も頻発した。見つからないままの子もいれば、たまたま保護されて、数カ月後に親と再会した、なんて感動話もあった。

母はここに目をつけた。

上野で迷子になれば、誰も責められない。

どういうふうにして、そこまで連れ出されたものだかわからない。一番端の改札口のところで、母はトイレに行くと言った。私を待たせて戻ってこなかった。改札口の天井には動物の絵がたくさん描いてあった。

帰ろう。

立ったり、しゃがんだり、くたびれた。

外に出た。

——八ツ目ウナギのお店を探そう。

以前、私は父と、その店に来たことがあった。父が祖父の「おつかい」で出かけるのを、「あたしも行く」と後を追って。父はそこで、八ツ目ウナギの煎じ薬を買った。すごく待たされたので、その店の前で、都電の行き来を見てたっけ。浅草に行く電車を見つけるんだ。

大人を掻《か》き分けて歩く。昔の大人は怖かった。ちょっとでもぶつかると、「何だ、このガキ」と蹴っとばしてきた。

そんなときは、「じいちゃん、待ってよー」と叫ぶ。

「何だ、大人がいるのか」と、その男は離れた。

「じいちゃん、じいちゃん」と本当はいないのに、後ろからついて行ってるかのように、叫びながら歩く。

「どうしたの」と気づく人がいれば、

「じいちゃんと、八ツ目ウナギのお店に行くところなの。じいちゃんが、先に行っちゃったみたいなの」と言うと、

「そのお店なら、あっちよ」と教えてくれる。

「あっちよ」が「この先よ」となり、「もうすぐよ」になった。

八ツ目ウナギの店が見えた。ちなみにこの店は、まだあるはずだ。

——父ちゃんと乗ったところは、どこだっけ？

——あそこだ。

人混みに紛れて都電に乗った。怒られたら降りればいい。他所行きの服だから、イタズラには見えないかも。ギチギチに人が乗っていたのに、だんだん空いてきた。目立ちそうになって、サッと降りた。どこだろう。

だけど、父ちゃんが教えてくれた。迷子になったときにはどうするか。橋はあるかな。松屋はどこですか、って聞いてみようか。さりげなく聞ける人はいないかな。

どうしたかは曖昧だ。

気がつくと吾妻橋《あづまばし》だった。橋を渡りかけたとき、すぐ横でタクシーが停まった。父と祖父が出てきた。

「おまえ、無事だったのか」と父。

「どうしたの？　あたし、今帰るところだよ」と、私が答える。

「遅いからな。一緒に帰ろう」

父は私を車に押し込んだ。

私がどうやって、上野から吾妻橋まで来られたのか、父は知りたがった。私が話すのを、父はゆっくり聞いてくれた。そばで祖父も聞いていた。どういうふうに話したのかは、覚えていない。ただ、祖父がこう言った。

「世話してくれた人に、お礼に行った方がいいな」

翌日。私は、父のこぐリヤカーに乗って、昨日歩いた道を逆に辿った。私は父の教えてくれたことを、忠実に実行したらしい。

「この家で、橋の場所を聞いたんだな」と、とある畳屋の前で父が言い、私を連れて中に入った。手にはうちの店の煎餅の折りを持っていた。リヤカーには「○○工務店」の文字が刻まれた木札が掛けてある。私の身元の証しだ。

父が頭を下げていた。この他にも何軒か寄ったように思う。でも思い出せたのは、この畳屋のところだけ。

私を心配してくれた律儀な父が、のちに私に暴力をふるうようになるなんて、思いもしなかった。

私が上野で大変な思いをしているとき、家ではどうなっていたか。それは、ずーっとあとで祖父も亡くなってのち、とある人から、昔話として知らされた。よかった、大人になっていて。でなければ、ショック死だった。

母は動物園へ行くと言って、私を連れて出たそうだ。はなから、そこに行くつもりはない。上野駅に直行した。そして、とんぼ返りしたのだ。少しばかり、アメ横をぶらついてから。

慌てたふうで家に入った。私がいなくなったと言って。父と祖父が詰め寄った。

「何で上野駅なんだ。動物園とは方向が違うだろう」

「トイレに寄ったのよ」

「なにもあんな混むところに行かなくても、子供なんか、その辺の路地でさせりゃいいんだ」

「私がしたかったの」と母。

「出かける前に、便所に寄らなかったのか。いつもそうしてたじゃないか」

母は答えない。

「いつ、気づいたんだ」

「トイレから出たら、いなかったの」

「近くの人に聞いたのか。よく捜したか」

「捜したし、呼んだの。でも見えなくて、とにかく知らせなきゃと、戻ってきたの」

「戻る前に、駅から電話すればよかったじゃないか。あそこは電話だらけだ。うちには電話があるんだぞ」

「びっくりして、思いつかなかったの」

「上野駅は迷子が多いから、おまわりが巡回してるはずだ。その人たちに尋ねようとか、呼ぼうとか、考えなかったのか」

「とにかく知らせなければと思って。それに夕飯のこともあるし、あの子、チョロチョロしてるから」

「メシぐらい、バアさんでもできる。——それにしても、母親というのは子供がいなくなったら、必死で捜すよな。それこそ、日の暮れるまで、動き回るんじゃないのか。『いなくなったー』って言って、帰ってくるもんかね。真剣に捜したのか」

母はここで黙った。

「どんな言い方をしても、子供がいなくなったのは一大事だ。子供を守れなかったってことは、母親失格だ。これから捜しに行く。もし、見つからなかったら、この家から出ていってもらうよ。下の子も置いていってもらう。いいね」

祖父がきつく、母に言い渡したそうだ。

父と祖父は家の前から、タクシーを拾って都電の線路沿いを、ゆっくり流しながら、上野に向かったのだった。

七、チャミと、上野と

祖父に厳しく叱られても、母は懲りなかった。また、やった。私の置き去りを。子捨てを。ほとぼりの冷めた頃、また上野で。

しかし、今度は未遂に終わった。妹がいたせいだ。私は小学生になっていた。

母は妹をねこかわいがりした。片時もそばから放さなかった。誰にも妹を触らせなかった。妹が自分以外の者に近づけば、必ず呼び戻したし、連れに来た。子役スターの誰それに似ていると言って、その子の愛称で呼んだ。私のことは「おまえ」とか、名前の一番上の一字だけで呼んでいるのに。妹を仮に「チャミ」としておく。

チャミも母にベッタリだった。思いどおりにならないと、すぐ泣いた。チャミが泣き声を上げれば、母はどこからでも、すっ飛んできた。何やかやとなだめすかして、ヨシヨシする。

妹は私とは別格だった。お姉ちゃんだからというだけで、チャミがいつでも優先された。家の手伝いは、私ばかりだった。父のタバコ買いも、私ばかりだった。チャミは小さくて、暗いところはかわいそうだからと母が言う。そもそも夜に、買いに行かせる理由がどこにあるんだろう。私なら平気だとする理由は、何なんだろう。昼間、母が買い物のついでに買ってくれれば、いいだけのことなのに。でもこれは、ずっと私にさせるんだろうなって気がしていた。

チャミの面倒は私が見た。銭湯での着脱、普段の着替え、箸の持ち方も私が教えた。チャミと一緒のときは、父も母も私にはちょっかいを出さなかった。ちょうどいい子守りだったのだろう。

小学校の低学年は下校が早い。私が帰ってくると、待ってましたとばかりに、父や母が「チャミと遊べ」と言ってくる。宿題があると言えば、「チャミを寝かせてから、やれ」と言う。

「チャミのこと、ばっかりだ」と私が言ったら、父が、近くに来て言った。

「チャミは、お姉ちゃんが来ないかなって、家を出たり入ったりしながら、待ってるんだぞ」

そうして、チャミと遊ぶ。

ある時、クラスの友達が、「放課後、遊ぼう」と言ってきた。嬉しかった。急いで帰って、

ランドセルを置き、

「○○ちゃんと、公園で遊ぶ」と言ったら、

「チャミも連れて行きな」と母が言った。

「だって、友達と一緒だよ」

「いいから、連れて行きなさい」

「小さい子を連れて行くって、言ってないもん。チャミがいたんじゃ、梯子《はしご》登りも、ゴム跳びもできないよ。チャミは自分ができないと大声で泣くし、止まらないんだよ」

「小さい子と仲良くするのが、年上の役目だろ。それを嫌がるような友達だったら、友達になんか、なるな。悪い子だよ、母ちゃんが怒ってやる」

連れて行くより仕方なかった。友達には「ついてきちゃったの。ゴメンネ。妹なの」と言った。その日は、かくれんぼと鬼ごっこで遊んだ。チャミはこのとき、三歳くらいだったか。

夜に、父と母の声が聞こえた。

「チャミを連れ出してくれて、楽だったね」

と母が言い、父も言う。

「泣く子がいないと休まるな」

私がいたのに気づいて、

「チャミを連れて行くなら、遠くでもいいし、帰りが遅くなってもいいぞ」と父が言い、

「ご飯前に戻ればいいわ」と母の甘い声。

しかし、そうはならなかった。翌日、友達に言われた。

「小さい子を連れてくるなら、もう遊ばない」

「そう」とだけ、私。

「あんたのこと好きだけど、トランプもゲームもやれない。かけっこや、お絵かきは幼稚園よ。妹を置いてきたら、遊んでもいい」

そんなの無理だ。父も母も、私にチャミを押しつけて、万歳しているのだから。

その友達とはそれっきりになった。その子が他の子にも、私は妹の付録つきと言いふらしたので、私と友達になる人はいなくなった。

学校とチャミの面倒で、一日が暮れる。今日も、これからも。外には出ない。家の二階で、人形遊びや、ぬり絵、折り紙なんかで遊ぶのだ。

チャミが、私の顔を見上げて、

「もう、お外には、遊びに行かないの？」と聞くから、

「あの子、病気なんだって。お家で遊べばいいよ」ウソを言う。

「つまんないね」

チャミは楽しかったんだ。チャミがいるせいでこうなった、なんて言えない。

あの日、チャミが家の前で、私を待っていた。私が見えると、「姉ちゃん、姉ちゃん」と駆けてきた。

「姉ちゃん、姉ちゃん、あのね、母ちゃんが松屋に行くってよ。屋上の遊園地で、舟の乗り物に乗って、アイス食べようよ。早くっ」

と、私の手を引っ張った。もう準備ができていたみたいで、私はランドセルを置くだけで、そのまま出かけた。富士銀行押上支店の前の停車場から、都電に乗った。

だけど、変。

チャミは座席に上がって、窓の外を見ている。

「母ちゃん、もうそろそろ降りるんじゃないの。チャミの靴、はかせなきゃ」と言うと、母が、「その前に用事がひとつある」と言った。松屋を過ぎてしまう――。

「上野駅に行くの？」と言うと、母はピクッとしたが、そっぽを向いて黙っていた。

果たして、上野駅だった。いつぞやとは別の改札口から入った。

「母ちゃん、まだ？」とチャミが言う。

「もう少しだからね」と母がチャミの手を取る。そして、私に、

「用事を済ませてくるから、あんた、ここで待ってなさい」

「やだ」

「すぐ、済むんだから、いなさい」

「だったら、チャミと一緒に待ってる」

「チャミを置いとけないでしょ」

「すぐに済むんでしょ。だったら、いいじゃないの。二人で歌うたったり、手遊びしてるよ。すぐに、来るんでしょ」

「あんたはお姉ちゃんだから。チャミはまだ小さいのよ」

「チャミと同じくらいのときに、私は一人で待ってたよ。チャミだってできるよ」

「いいから、待ってなさい」

「何で私は、行っちゃいけないの？」

「チャミと手つないで、荷物持ってたら、あんたとつなぐ手はないの。何でわかんないの」

「チャミ、お姉ちゃんといよう」と言うと、

「あんたは、ここにいるの」と、母は私を睨みつけて、声を張り上げた。

私が一瞬すくんだら、その隙に向きを変え、チャミの手を引っ張った。チャミがビック

リして、「ねえちゃーん」と呼んだ。母は、「さあ、早く、走るのよ」と駆け出した。

この時、現代の言い方だけど、〝ヤバイ〟と思った。母がすごい勢いで走って、着物の裾がまくれ上がって、ふくらはぎが見えた。

追いかけた。

「ねえちゃーん」とチャミの声が聞こえる。私は、すぐ後ろまで追いついた。

ハタッと、母が止まった。汗をかいて、息が切れている。ハァ、ハァ、言っているから、

「母ちゃん」と声をかけたら、

「あんた、何でいるの」

と、すごい顔をされた。怒っているんだか、驚いているんだか。目は開きっぱなしで、鼻の穴と口も開いていた。馬の乗り物の顔と同じだった（これだけは、よく覚えている。母ちゃん、馬だ）。


「ねえちゃん、来てくれたんだね」とチャミが手を出してきた。

「何で、ついてきたのよ」と、母。

「あたし、ちゃんと追いつけるよ。手をつながなくても平気だよ」

「待ってなさい、って言ったでしょ。どうして動いたの。言うこと聞けないのっ」

「だったら、ここで待つよ。ここの方が人が少ないし、すぐ見つけられるもん」

「ダメったら、ダメ。さっきのところに戻れ」

母の歯が見えた。馬のいななきだった。

嚙《かじ》られそうだった。怖かった。

「わかったよ、戻るよ」

すると、チャミが「行っちゃ、ダメ」と私の服を引っ張った。

「放しなさい。お姉ちゃんはダメなの。いいかい、絶対に、動くんじゃないよ。とっとと行け」と、母が吠《ほ》える。

チャミが追いかけてきた。

「ねえちゃん、行っちゃヤダ。ねえちゃん」

「いいから、こっちに来るんだよ」と、母がチャミを引っ張って行く。

「早く、戻ってね。待ってるから」としか、もう言えなかった。

「ねえちゃん、ねえちゃーん」と、チャミが振り向く。空いている方の手で、私に〝おいで、おいで〟をする。母がチャミをグイグイ引っ張る。

――母ちゃんは、用事があるんだ。ちゃんと待っていればいいんだ、と自分に言ってみるけれど、

――違う。って知っている。

どうしようかな。

ポスターを見ているふりをしようか。どこかの人の荷物を持ってあげたら、お駄賃がもらえるかな。

考えていたら、チャミの声がした。

「おねえちゃーん」

戻ってきた、二人が。

「もう、終わったの？」と言うと、母が、

「チャミが、〝ねえちゃん〟って泣き出して、恥ずかしいから来たんだよ」と言う。

「それじゃ、用事はどうするの」と聞けば、

「もう、それどころじゃないよ。今日はもう終わりだよ」と怒鳴ってきた。

「誰かに会うんじゃなかったの」と言えば、

「そんなこと、言ったかい」とソッポを向く。チャミが、「ねえちゃん、いなくならないでよ」と、大泣きして、跳びついてきた。

――ここまで来ながら、やめてもいい用事なんて。私を苛《いじ》めたかっただけなんだ。本当は用事なんかないんだ。

独り言のつもりだったのに、終わりの一言が聞こえたらしい。

母は馬から、魔法使いの顔になった。

目が吊《つ》り上がり、前歯がベロを噛んでいる。そのベロがグッと伸びて、サッと引っ込んだ。いつもなら、ここでぶたれる。

「何、言ってんだい」「生意気な」とか。ここは駅の中、さすがにそれはしなかった。

チャミが「松屋、行こっ」と言った。

「今日はもう、帰るんだよ」

と、母が怒鳴れば、チャミは涙で顔をクシャクシャにして、鼻をすすって言う。

「どして、どして？　ねえちゃんと舟乗るんだよ。約束したよ」

「暗くなったんだよ。チョコレート、買ってあげるから。泣くんじゃない」

母がチャミをゆすった。

このチョコも、きっとチャミの分だけだろう。「お姉ちゃんは我慢しなさい」で、私にはない。今ほど、チョコレートは安くなかった。

上野駅は、だんだん人が増えてきた。

八、暴力

親が子供を折檻《せっかん》したり、お仕置きをする。

そのやり方は、昔から少しも変わらない。今では虐待と言うのだろうが。

どこの親も一様に同じ行為をする。不思議だ。わざわざ伝授されたわけでもなかろうに。

弱い者を威嚇して、潰しにかかる。喰《く》い殺すまで止まらない獣に似ている。これは親子の関係に限らないかもしれない。仲間苛め、職場での苛め、等。

暴言に始まり、殴る、叩《たた》く、蹴る。
・食事を抜く。
・外に出して、家に入れない。その逆で、家のどこかに閉じ込めて、出さない。
・いつまでも立たせておく。あるいは、座らせたまま、動くことを許さない。正座をさせるのも、この類いだ。
・声が嗄《か》れるまで、〝ごめんなさい〟を言わせる。途中で、泣き声が交じったりすると、やり直し、言い直しをさせられる。
うちでは他に、こういうのがあった。

・暗くなってから、離れたところに、お使いに行かされる。
童謡の「叱られて」は、この罰を歌ったんだと思う。

叱られて　叱られて
あの子は町まで　お使いに
この子は坊やを　ねんねしな
夕べさみしい　村はずれ
こんときつねが　なきゃせぬか

夜になってから「タバコを買ってこい」と言う。昔は八時ともなれば、外は暗くて歩けなかった。どこの店も、夕食前に灯《あか》りを消して、店を閉める。家族で食事をするのだろう。昔と言っても、昭和の時代だが、どこの家も就寝が早かったように思う。十時と言えば、町内は静かになった。
タバコ屋は八時過ぎまで開いていた。駅の近くだったから、客足があったのだ。そこに行ってこいと言う。昼間、買い物や外出の途中で買えばいいものを。何で今なのか。そう言ったら、

「親の言うことに口答えするな」と叩かれた。

舗装のされていない土くれの道で、小さな電球が電柱にくくりつけられているだけ。その下しか明るくない。他は真っ暗だ。次のスポットライトまで思い切り走る。灯りの下でハアハアと息をしたら、また走る。その繰り返しだ。帰りもまた同じことをしなければならない。キツネは出なくても、人さらいが出そうで怖かった。

たかがタバコ一箱のために。

今にして思えば、両親の憂さ晴らしだ。

「ボール、拾ってこい」と、犬を放つようなものだ。放り出したかったのかもしれない。戻ってこなくてもいい。それはそれで言い訳が立つ。お使いに行ったきり、行方知れずになったと。

戻ったなら、その泣きっ面を面白がる。褒めない。グズグズしていただの、遅いだのと文句をつける。

私の何が気にくわないのか。それは今になって思うこと。子供の頃は、ただ、「いい子だ」って、言ってもらいたかった。

どんな子も等しく、親に好かれたいと思っている。だから、必死で親の要求に応えようとする。

親はそこを真摯に受けとめるべきで、思い上がって、好き勝手にいじくり回すべきではない。

「叱られて」のあの子は、辛かったろう。怒られただけでも嫌なのに、お使いまで言いつけられて。私がこの歌を歌ったら、あの子に届くかな。私のそばで、一緒に口ずさんでくれるかな。本気でそう思って、どれだけ歌ったかしれない。

汗びっしょりになって、タバコを買って帰る。私にとっては命がけだ。

「早いな。急いだのか」と父がタバコを受け取る。「うん」とだけしか言えない。

――今日はどのくらいで戻るか。なんて、楽しんでいたのだろうか。

それも今になって思うこと。奥に入ると、母とチャミがテレビを見ていた。

痛みを受ける側のことを、誰が考えるだろう。それも幼い相手に対して。

〝起き上がりこぼし〟というオモチャがある。ひょうたん形をしていて、底に重りが入っている。そのせいで、倒しても元に戻る。つつけばクラクラと揺れる。こけしの顔や、動物の顔が描いてあったりする。手足はない。幼児は喜ぶ。

元に戻るからと言って、物をぶつけて倒したり、足で蹴り倒したりしてはならない。過分な力がかかると、ヒビ割れて、その隙間から空気が入る。内外の圧のバランスが崩れて、倒れたきり、起き上がらなくなる。壊れてしまう。

子供への虐待というのは、〝起き上がりこぼし〟の、悲しい運命に重なる。


親が怒っているのが、自分のせいだとはわからない。子供は、時の区別が未熟だと先に書いたが、物事のつながりもわからない。子供にとって、過ぎてしまったことは、終わったこととして、忘れる方向にいく。大人はいくらでも混ぜっ返すから、子供の頭は混乱するばかりだ。そこをわかりもしないで、

「何で怒らせるの」

「黙ってないで、何とか言ったらどうだい」

そう言って、ひっぱたいてくる。

殴られたり、叩かれたりしても、すぐには悲鳴は出ない。痛さよりも、熱さが先だ。ほっぺたがジュワーッと熱くなったり、頭がボワーッと熱くなったり、腹や足がヒリヒリする。熱くほてったあとで、痛みがやって来る。痛みは体の中で起こる。唇を切る。コブが出来る。皮膚が腫れる。

「痛いよー」と、やっと、声が出る。

親は、期待どおりの反応が出たことに、満足する。泣き出すとか、突っ伏すとかを待っている。声を上げるまでは、痛めつけは止まらない。〝バカ〟〝間抜け〟の言葉も止まらない。私がグッタリするか、自分が疲れてきたとき、手や足を引っ込める。言い訳もさせない。ただ「おまえが悪い」の連発だ。

そして、私ばかり。

子供は、そんなに愚かな存在ではない。

大人はそれをわかろうとしない。母が出かけるとき、その外出費はどうしていたのか。母がこっそり店の釣り銭をくすねて、帯に隠すのを私は見ていた。店先に、どんな人が来て何を買って行くのかも、知っていた。祖父に連れられて出かけたときは、その場所と御主人の顔を覚えた。大人はそれを知らない。

私は、子供の心を見通せる親になろう。

九、忘れていたこと

記憶のメカニズムって、どうなっているんだろう。日常化したものは、多少の違いがあっても、ごっちゃになって記憶に残りにくい。毎日の食事の内容とか、服装だとか。常態化したものは、当たり前のこととして、流れてしまう。通勤、通学の手段とか。

嫌なことや、忘れたいことは、頭の奥の箱にしまって、蓋をしてしまう。思い出さないようにしているだけだから、ふとしたきっかけで、それは溢《あふ》れ出す。記憶はどんどん溢れ出してきて、悔しさや、怒りも引き連れて、まとまりがつかなくなってくる。

言ってみるなら、悲痛な幼年・少女時代を送っていて、よくここまで生きたねと、ひっくり返るところ。それなのに、当の本人は、その事実をほとんど忘れてしまっていた、という現実。忘れていたこともわからなかった。その情けなさ。記憶に蓋をしたのは、自分だろうか。

二十代後半に、学習塾で事務のアルバイトをしたことがある。まだワープロのない時代。

テスト問題を、和文タイプで清書するのと、月謝の取りまとめが主な仕事だった。

そこでのあるひとときの。男性教師二人と私。

「今の小学生は大変だな。塾に行くのが、当たり前になってきてる。勉強がしたいんじゃない。落ちこぼれって言われないためだ。学校が終わっても、また勉強なんだ」

「更に、お稽古事をしてる子もいますよ。ピアノ、そろばん、スイミングってのもある」

「忙しすぎるよな。楽しめることはあるのかな。オレ、子供の頃は遊んでばかりだったよ。遊ぶことが、またいっぱいあったんだ。特に小学三、四年生って、一番自由な時じゃなかったか。学校にも慣れて学力の差も、そうなくってさ。男と女じゃ違うのかな。あなたは、どうだった？」

私が聞かれた。

「どうだったかな。ただ、忙しかったとしか覚えてない。寝るのがいつも十時過ぎで、何の遊びがあったのかもわからない。テレビは見てたけど」

「寝るのが遅いって、何が忙しかったの？」

「そうねぇ、下の子の世話とか、店番かな。ずっと商売やってる家だったから、お使いとか、片づけとか、家のことかな」

「そうかー、今の子とは違う忙しさなんだな。昔は、家の手伝いって、やらされたもんな」

「子供はいつでも忙しいってかー」

話はここまでで、二人は授業の準備に教室へ戻って行った。

その夜、フッと考えてみた。家の手伝いだとか言ってはみたけれど、私は本当に何をしていたのだろう。これといって、思い出せることがなかった。友達はいたのだろうか。

十、ご近所さん

忘れていたらどうしよう。できていなかったらどうしよう。そればかりが、頭をかけ巡る。

怒られる、怒られる。ぶたれる。そんなのヤダ、ヤダ。

だから、いつものことは済ませた。お風呂の栓もした。洗濯物は畳んだ。コップは洗った。軒下に張り出した折り畳み式のシェードも巻き上げた。あとは宿題。宿題が半分済んだところで、頭の後ろに、父の平手が飛んできた。

「おまえ。シャンプー買うの忘れただろ」

そうだった。学校から帰ってきて、靴も脱がないうちに、母が、

「シャンプー、買ってきて」と言ったんだった。

「今日、宿題がいっぱいあるんだ。できなかったら、立たされちゃう」

と、ベソかき声で言ったら、夕方でもいいと言ったっけ。

チャミが来たから、

「おねえちゃん、お勉強、いっぱいしなきゃいけないんだ」と言うと、

「チャミもここで、お絵かきする」と、卓袱台《ちゃぶだい》の向かいに座ったんだ。

漢字の書き取りに時間がかかった。途中にボンナイフ（当時流行《はや》った折り畳み式のカミソリナイフ）で鉛筆を削り直す。まだ鉛筆削りはない。なかなか終わらない。いつの間にかチャミが寝ていた。

――あと、もう半分……と、座り直したときだった。

目がチカチカして熱い。

「立て」と父が、卓袱台から私を引きはがす。

「何で忘れた」

「まだ、宿題が終わらないんだよう」

「サッサとやらないからだ」と、ぶたれる。

以前なら、すぐ謝った。でも、私も少しは大きくなった。黙れなかった。

「シャンプーなんて、母ちゃんだけだ。他の皆は、頭も体もミツワ石鹸《せっけん》だい。同じにすればいいんだ」

「パーマが取れちゃうだろ」と母が口を出す。

「そんな面倒なものやめたらいい。金もかかるし、自分のものぐらい、自分で買いに……」と言い切らないうちに、ぶたれた。

「口答えするな。おまえが悪いんだ。おまえがそうやって言うことを聞かないから、オレまでが、カミさんにバカにされるんだ。出来が悪いのは、オレに似たからだって言ってな」

父が喚《わめ》いた。

殴りかかってきたところに、祖父が割って入った。

「やめろ。忘れたのか。やっと助けた子だったじゃないか」

「生意気になりやがって。痛い目に遭わせた方がいいんだ」

「馬鹿言うんじゃない。世間はどう思う。そんなにこの子が嫌なら、売ればいい」

父が手を引っ込めた。祖父が続けた。

「芸者にすればいい。色白だし、読み書きも達者だ。金勘定も早い。使える子だ。外に出せばいい。義務教育が終わるまで我慢しろ。これより先、手を上げるな」

父が静かになった。母も静かになった。

私は部屋の隅に座り込んで、エーン、エーン、しゃくり上げて泣いた。

「ねえちゃん、これ」と言って、チャミが、濡《ぬ》らしたタオルを持ってきた。

「いいなあ、おまえは、ぶたれなくて。あたしばっかりだ」

チャミが、恨めしかった。

それから何日かたったある日、祖父が手回しの鉛筆削り機を買ってきた。

私の遊び相手はチャミだけだったが、近所に一人、遊び友達が出来た。「ミコちゃん」と呼んでおく。ミコちゃんとは、町内の盆踊りで知り合った。年齢は、チャミと私の間だ。ミコちゃんはチャミを嫌がらなかった。三人で一緒に、よく遊んだ。オモチャを持って、互いの家を行き来した。

ミコちゃんの家で、紙芝居を読んでいたら、ミコちゃんのママが、驚き交じりに言った。

「上手だねぇー。ミコは、とてもそんなには読めないよ。あなたは大きくなったら、学校の先生になったらいいよ」

私は、それに対して言った。

「中学が終わったら、私は芸者さんになるの」

「どうして？　あなたのお家は、困ってないでしょう」

（それは、娘を身売りさせる必要があるのかと聞いている。私は知らないふり）

「父ちゃんと母ちゃんが、私は外に出すって言ってたの。うちはチャミがいればいいみたい」

「あなたは、それでいいの？」

「うん、他にやりたいこともないし」

「それなら、おばちゃんが、お父さんに聞いてもいいかしら。おばちゃんが一流の芸者さんにしてあげる」

「うん」……返事をした。


ミコちゃんのママは、芸者時代に旦那さんに見そめられ、妻の座についた人だった。

その昔、向島の花街は華やかだった。料亭も多かった。中学の同級生には、母親が芸者さん、って子もいた。意外に身近だった。

ミコちゃんのママは、うちに、私を引き取りたいと言ってきた。踊りも唄も、早いうちから仕込んだ方がいいから、中学卒業まで待つことはない。すぐにも置屋で預かり、学校はそこから通わせるからと。

これには祖父が仰天した。元よりその気はない。頭に血が上っている息子夫婦を黙らせようと、咄嗟《とっさ》に口にしたことだ。私のために、時間を稼ぎたかった。だが、当の孫娘が本気にしたことで、祖父は責任を感じた。

「この話、まだ打診の段階かい？　あねさんとこで止まってるなら、なかったことにしてくれないか。あの子がどう言ったか知らないが、あの子には、婿を取らせるつもりでいる」

と祖父は言った。

ミコちゃんのママは、フッと息を吐いて、

「そうさね、おかしい気はしたんだ。思いがけず弟子が出来そうで、その気が起きちまったさ。大旦那さん、すいませんねぇ」

そう言って、引き返したそうな。

祖父は私に「先のことはわからねぇ、余計なことは考えるな」と言い、父には、

「世間っていうのは、誰が漏れ聞くもんだか噂するもんだか、わからねぇ。家の中のことでも、慎重でなきゃな」と言った。

それから、ぶたれることが減ったようにも思う。

十一、コンクール

小学五年生の秋だったか、私は、ある書道コンクールで入賞した。近隣の学校で、私一人だけだったらしい。朝礼で賞状が渡されることになった。

私は知らなかった。その日は朝礼すら出られなかった。あいにくのストーブ当番で、だるまストーブに、火をおこすのに四苦八苦していた。朝礼が終わって、みんなが戻ってくるまでに、ストーブがついていなければならない。コークスがなかなか燃えなくて、泣きたくなっていた。

階段を上がってくる足音がする。ドキドキしながら、やっと赤くなったコークスをひっくり返し、蓋を閉めた。

先生が戸を開けた。

「おまえ、ここにいたのか」

「はい。ストーブ当番、できました」

「残念だったな。朝礼台に上がるはずがな」

(えっ、何のこと……)

表彰状は、朝礼で、校長先生から手渡される予定だった。呼ばれて上がるはずの私は、そこにはいなかった。

校長先生は何度か、私の名を呼んだらしい。

「今日は欠席かな。残念ながらいませんが、皆さんで拍手を送りましょう」


賞状を持って、家に帰った。

父は「そうか」と言い、母は「私も昔に、もらったわ」と、二人とも、素っ気なかった。

私には、いつもこんな具合だ。これがチャミだったら、「どれ、見せてごらん」と飛んでくるだろうに。机にしまっておくしかなさそうだ。

ところが、大したことでもないと言わんばかりのこの一件が、私のそれからを変えた。

この日の夕方すぎ、近所の人が訪ねて来た。

「お宅の娘さん、賞状をもらったんだって？　学校で一人だけだそうね。すごいじゃないの。様子を聞きたくってさ」

ご近所さんは一人だけじゃなかった。

「聞いたわよ。コンクールで入賞したって。しばらく学校の玄関ホールに、張り出しておくんだってね。見せてもらうから」

その人が帰るや、父が私を呼びつけた。

「おまえ、賞状とやらを見せてみろ。学校の玄関に張り出されるって、何を書いたんだ」

「お習字。画仙紙に大きく書いたヤツ」

父は賞状を見た。

「なかなか、りっぱなもんじゃないか」

びっくりしたことに、川向こうの学区域外の人までがやって来た。

「悪いんだけど、賞を取った子がどんな子だか、見てみたくて来たのよ。あっ、その子。ふーん、へぇー」

一緒に連れてこられたらしい息子が言った。

「なんだ、こいつかよ。オレ、知ってるよ。おまえ、頭よかったのか」

「ちょっと、そんな言い方しないの」

母親が注意する。

私が朝礼台に上がらなかったことで、変に興味を引いたらしい。どんな子なのかと、確かめに来たわけだ。

噂を聞いて駆けつけるとは、こういうことなのだろう。今にして思えば、東京に在りながら、人の暮らしがくっついているあたりは、村社会のそれだった。

ところで、父と母はと言えば、こうやって人が訪ねて来たのが、嬉しかったらしい。最初こそ戸惑ったものの、他の町会の人までが来たというのが、気分を良くさせたようだ。

そのうちに、得意気に話を返した。

「一人で本を読むのが好きな子でね」

「親の知らないうちに、上手《うま》くなってた」

「子供のうちは、何でもやらせてみるのよ」などなど、調子のいいこと。

押しかけてきた人たちも、夕食時になるといなくなった。昔は「そろそろご飯だから」というのが、切り上げの合図だった。自分に対しても、相手に対しても。夕食後の各家のプライベートというのは、それとなく守られていた気がする。

賞を取ったのは私なのに、私に声をかける人や、作品を評する人はいなかった。賞を取った子がいた、それだけを騒いでいる。本当はどれほどのものか、ひやかしてやろうって気で来ている人たちなのだ。自分の子と何が違うのか、知りたかっただけだ。

翌日、母は、学校へ私の作品を見に行った。

玄関ホールを入り、中央で左を向くと、畳一枚を横にした大きさの掲示板がある。そのすぐ左の柱に、掛け軸のように、見栄えよく掛けられていた。

秋の展覧会出品の私の書道作品。「臥薪嘗胆《がしんしょうたん》」

母がその前で見ていると、同じように、脇から覗《のぞ》く人がいる。

「うちの子が書いたんですよ」と言ったところ、「そうなんですか」と感心した顔をされた。

「お母さんも鼻が高いでしょう」

とも言われたらしい。母は得意顔で帰ってきた。

両親は注目され、話題の人となって興奮したのだった。

夜になって、父が母に言った。

「人が見に来るんだ。少しはマシな服を着せといた方が、いいんじゃないのか」

着たきりスズメのような私だったが、少し服を増やしてもらった気がする。

母がつぶやいた。

「行く先々で、声かけられるのよね。あたしは今や、人気者だわ。羨ましがられちゃってさ。いい気分だわ。まさか、こんなことがあるとは、ね。産んどくもんだわ。秀才の親ってのは、いつでも、こんな思いをしてるんだろうね」

母には、私という存在が、自分にとって損か得かの、いずれかでしかなかったようだ。

その視点で育ててきたのだった。

それは、その先も、ずーっと変わらなかった。

私への暴力は、こうして、一応の終わりを見せた。

優秀であれば、痛い思いをせずに済む。

私が得た教訓だ。

勉強にも力を入れた。成績を上げた。わからないところは、参考書でも教科書でも丸暗記した。憶えておけば、ヒントがやって来る。

そうして私は、大学進学率のいい、地元の高校に入学した。偏差値の高い高校に入ったと、両親は喜んだ。彼らは初めから、私に金をかける気はないから、ここに通っても大学進学はさせないだろう。ただ、箔《はく》が付くだけ。


祖父は、高校のクラス分けが済んだ頃に、脳疾患で他界した。その何年か前には、寝たきりになっていたから、私の高校進学は夢の中だったろう。もし、元気だったら、肩を叩き「大学ぐらい行け」って、言ってくれたかもしれない。

――じいちゃん、これまで、ありがとう。

ともかくも、私は大人になった。

十二、子供とは

子供は愛すべき存在だという風潮は、いつ頃から広まったんだろう。少なくとも、私の子供時代には、そんな大層な理念はなかったと思われる。
・育ててやったんだから、言うことを聞いて役に立ちな。
・食べさせてやった借りは、いつか返せよ。
・おまえらを食わせるために、苦労しているんだ。
そんな物言いを、どこでもよく耳にした。どこまでが本気か知れないが。

「元が取れるような職に就かせないとね」

この元というのは、養育費を指しているらしい。

「それなら、やっぱり企業よね。それも大企業、一流企業。ボーナスってのが出るところ」

「だったら、大学に行かせないと」

「そこまでのお金は、うちにはないなあ。うちは、日銭で暮らしてるんだし」

それはうちも同じ、と声が続く。

「大飯食らっても、悪いことしなきゃ、いいんだよ」

そうやって、話が落ちる。

うちの地域というのは、その日の上がりで暮らしている人たちばかりだった。下駄屋、傘直し職、かけはぎ屋、穴かがり屋、古着屋など、現在はなき昭和の仕事。細々としていたけど、食うぐらいは何とかなった仕事。

こういう暮らしの中では、子供がお荷物という考え方があっても、仕方がないという気さえしてくる。


昭和が終わろうという年。

私も妹も既に母親。何の用事だか忘れたが、彼女の住むマンションを訪ねた。

世間話のついでに出た話。


「子供は面倒くさい」

妹は、そういう言い方をした。

「子供は、お父さんとお母さんが仲良しだから、自分が生まれたんだって思いたい。でも、うちらの親は、子供の思いはよそに、生まれたから育てた、って感じよね」

「あんたが言うことではないでしょ。母さんを独り占めで、何でも買ってもらって、思いどおりになってたじゃない。私はぶたれてばかりだった」

ちょっと恨みっぽく、私は言ってみたが、私の皮肉は届かない。

「そうじゃなくってさ。子供って、突然にやって来る、そう言いたいの。親の自覚もないうちによ。その気もないのに、この先、ずっと一緒。面倒だって思うのよ。母さんも、そう思ったんじゃないかしら」

「その言い方だと、初めに生まれた私は、面倒な存在ってことだ。損だね。

だけど子供がキッカケで、生き方を考えたって人もいるのよ。うちらの親はそうじゃなかったから、ただの無計画、無責任でしょ。面倒なくせに、次の子も産んでるんだから」

「成り行きで結婚して、こんなはずじゃなかった、でも戻れない。意外に多いのよ。親も大変よ」

——だからって、子供の扱いに差をつけることはないでしょう。子供に手間と時間を取られて、自分のしたいことができないという自分自身の焦りでしょうに——

言おうとして、やめた。妹に言うことじゃない。もう帰ろう。

妹は両親を肯定している。痛い思いをしていないし、夜のタバコ買いもしていない。親にかわいがられて、得した奴。

よく見ると、この部屋のあちこちに、母の私物がある。母の出入りが多いのだろう。部屋のインテリアにも、母の好みがうかがえる。好みが同じというより、妹が母の好みに合わせている。

そして、気づいた。妹と私の違いに。

それは、母の思いどおりにできる子と、そうでない子。後者が私だ。

「なぜ、私を置き去りにしたの?」

「なぜ、チャミは怒られなかったの?」

母に聞いてみたかったけど、聞かなくていい。

「だから、何だってのさ」と母は開き直って、そっぽを向いたきり、ダンマリを決め込むはずだ。そのふてぶてしさに、私が不快な思いをするだけだ。

娘の小学校卒業を機に、私の一家は郊外に引っ越した。

みんな、さようなら。

十三、もの思い

人生の後半戦に入ったからこそ、気づけることがある。受け入れられることがある。

〝不要のものは捨てるか　他人にくれてやる〟

母のやり方だ。
私が要らなかったのだ。理由らしいものなんてない。単純に嫌いだった。
(何でこんな子が生まれたのよ。想像してたのと違うじゃないの)
捨てに行ったけれど、戻ってきた。それなら家で壊そう。それで、暴力が始まった。父をたきつけたのかもしれない。思いがけず、私が自慢の娘に変身したから、苛めるのをやめてみただけ。好きになったわけじゃない。私にはいつまでも、つっけんどんな態度だった。

贅沢がしたくて、東京に嫁に来た母。どんな東京を夢みていたもんだか。

実際は、川だらけで川と川との間の土地に、平屋建ての家や長屋が並んだだけの町。職人や商人ばかりで、彼らの食を満たす飯屋があるだけのところ。

田舎に逃げ帰るつもりが、私を身ごもった。全くもって、当てが外れた。

何の覚悟もなく結婚した愚かな人。

子供にも人生があることが、わからなかった人。

心の底で、私という子がいなければいいのに……と思っていた人。

それが、私の母。今は亡き人。

そして、父は、とっくに亡き人。

エピローグ

今の時代、外に出る方がよっぽど楽しい。わざわざ、繁華街とされるところに行かなくても、ちょっと足を運べば、暇を潰せるところはいくらでもある。交通は充実しているし、食事をするところも多くある。買い物に飽きたら、同じ建物の中にシアターがあったりする。現金の持ち合わせがなくても、カードという便利なものもある。

いつまでも外に居られる。でも、そこは、居場所ではない。


家族とは、居心地よく暮らすチームのこと。

家庭とは、安心の中で、自信を育む場所。

だから、家をちゃんと整える。

スッキリ片づいた部屋。空腹を満たす食事。あったかい風呂。洗濯の済んだ着替え。フカフカの布団。どれも、これも、心地いい。

ここは、私の居場所。追い出されることはない。

日記を書く。家計簿を整理しながら、子供の頃にお金の勘定をしたのを思い出す。

売り上げの銭箱が放られて、「数えとけ」と言われる。穴がない五円玉。百円札。ほとんどが十円玉。キャラメル八粒入りが十円。金平糖、十粒五円。アメ玉、一個二円。そんな時代。やたら細かかったけれど、数えるのは早かった。そんな私を見つめ、ニコニコ顔で、

「おまえは、数がわかるのか」

と祖父が言い、私の仕事になったっけ。

祖母は、祖父の死の五年後に亡くなった。洗濯機は使わず、ずっとタライで洗濯していたっけ。

私も洗濯は好きだけれど、全自動を使っている。


何かあったら、お家に帰ろう。

お家に帰ってから、考えよう。

何かを始めるのも、やめるのも、ここに来て、考えよう。

ここが、オアシス。

朝は、起きてくる人を待つ。

夜は、帰ってくる人を待つ。
私は、オアシスの見張り番。

〈了〉

あとがき

「ご家族は？」と聞かれたら、真っ先に母が浮かぶ。妹でもなく、嫁ぎ先の家族でもなく、母だけが出てくる。

私にとって、母は驚異の存在だった。

そろそろ、書いてもいい頃だ。私と母のこと。勇気のいる作業だけど、母も亡くなったことだし。過去の日々と共に、それこそ彼方に去ってもらおう。

この物語を書き上げた時、それは母から解放される時だ。

書きながら、過去の自分にリンクした。

じいちゃんがいた。

「俺は孫を持つのが遅かったからな。おまえの娘姿は見られそうにねぇや。残念だ。今、こうしているおまえを、よーく覚えておくよ」

「あたし、大急ぎで大きくなるよ」

気がつけば原稿用紙に、涙がポタッ。

母は今でいう「育児放棄」に近い。

思うに、母は家事が下手なのだ。一つ一つはできても、一日の仕事を体系的に回せないのだ。場当たり的にやっているから、やり残しが出る。買い忘れは母のミスなのに、子供の私に振って私の失敗にしてしまう。ずるい。

祖母が母に厳しかったそうだから、私を祖母への当てつけ、八つ当たりの対象にしたのだろう。

〝親ガチャ〟はハズレでも、祖父がいた。

祖父は世間の中での、自分の立ち位置を心得ていた人だ。私が外側から自分を見る姿勢は、祖父から学んだようだ。

この話は、私が高校入学を果たしたところで止まっている。祖父の死は悲しすぎて、振り返れそうになかった。それで書くのをやめてしまった。いつか祖父の死を、その長かった介護の日々も含めて書き残せたら……と思う。

さて、本文では書かなかったエピソードと、その後の私に少し触れておく。

私が賞をとった書道作品だが、富士銀行押上支店の支店長さんから、「ここの応接室に掛けたい」との申し出があった。渉外係さんが話題にしたらしい。

こうして、この支店長さんが他店に異動になるまでの間、私の作品は銀行の応接室を飾った。作品があることを口実に、ときどき銀行に寄っては、店内の雰囲気を楽しんだ。人にしろ、物にしろ、銀行の「きちんと感」が好きだった。

結果、私は高校を卒業後、富士銀行に就職する。祖父は私を、勘定が早いと褒めてくれたが、今となると、予見めいていて面白い。

やがて、仕事つながりで、一人の地方出身の男性と知り合う。何もかもが違うことずくめの二人だったが、たった一つ、共通点があった。

「母親に愛されなかった」

そして、お互いが、自分よりも相手の方をかわいそうだと思う。

二人にしか分からない思い。

違い過ぎる二人だから、交際は周囲に反対され、一緒になるまで相当なエネルギーを使った。

そして、あんなに苦労して、やっと結婚して、この有り様は何？　と言いたくなる貧乏暮らしがしばらく続く。

人生は奇異なもの。話せばいろいろ。

ゆっくり整理していこう。

「本は残りますよ」

言い得て妙。それは「今、ここにいる人」だけじゃない。「その先の、別の場所の人」にも届くということ。私に呼応してくれる誰かがいるかもしれない。

アプローチをくださった文芸社の藤田氏、アドバイスを下さった吉澤氏に深く感謝します。

著者プロフィール
佐藤　多夏（さとう　たか）

1954年　東京生まれ
1973年　富士銀行（現・みずほ銀行）に入行
本店に約４年勤務し、その１年後に結婚
2021年　Reライフ文学賞（第一回）に応募

母に嫌われて　溢れた記憶

2023年８月15日　初版第１刷発行

著　者　佐藤　多夏
発行者　瓜谷　綱延
発行所　株式会社文芸社
〒160-0022　東京都新宿区新宿１－10－１
電話　03-5369-3060（代表）
03-5369-2299（販売）

印刷所　図書印刷株式会社

ISBN978-4-286-24299-6